प्रियतमा

प्रियतमा

फनी महांति

नमस्कार
बुक्स

प्रकाशक : **नमस्कार बुक्स**
भवन संख्या 2/42 (दूसरी मंजिल), अंसारी रोड, दरियागंज, नई दिल्ली–110002
 / संस्करण : प्रथम, 2022 / मूल्य : दो सौ रुपए
मुद्रक : आर–टेक ऑफसेट प्रिंटर्स, दिल्ली ISBN 978-93-92554-83-4

PRIYATAMA *poems* by Shri Phani Mohanty ₹ 200.00
Published by **NAMASKAR BOOKS**
Building No. 2/42 (Second Floor), Ansari Road, Daryaganj, New Delhi-2

शिरोनामा

भारतीय भाषा परंपरा में शास्त्रीय मान्यताप्राप्त ओड़िया भाषा और साहित्य का काव्य और कविता का गौरव अप्रतिम है। काव्य-रचना के लिए प्रांतीय व राष्ट्रीय स्तर पर ओडिशा के कवि सदैव अग्रणी रहे हैं। प्राचीन कवियों ने काव्य सृजन की जो दृढ़ नींव स्थापित की है, वर्तमान और भावी पीढ़ी के लिए प्रेरणा की स्रोत है। ओडिशा में कला, प्रस्तर शिल्प, पट्टचित्र, संगीत, नृत्य, भजन और कीर्तन, लोक में प्रचलित सर्जनशीलता के लिए यह भूखंड देश-विदेश में बहुचर्चित रहा है। उसी कला संपदा का प्रत्यक्ष और परोक्ष प्रभाव बाल्यावस्था से मुझ पर पड़ा है। इस कारण साहित्य की अन्य विधाओं में भी कुछ लिखने की अपेक्षा, मैं कविता के प्यार में अंधा हूँ। अब तक प्रकाशित 25 कविता की पुस्तकों में से 'प्रियतमा' मेरी आत्मा की आवाज है। 'प्रियतमा' ऐहिक प्रेम का विज्ञापन नहीं है। अलौकिक प्रेम का यह एक प्रतिदर्श है। प्रियतमा की मानव नायिका का पर्यवसान अलौकिकता की भूमि में हुआ है। निर्मल और निविड़ प्रेम से ही मेरी कविता का जन्म हुआ।

सचराचर विश्व प्रेम से बँधा हुआ है। प्रेम कवि के लिए एक मधुर पीड़ा और मधुर मृत्यु है। मेरे लिए प्रेम ही आध्यात्मिक महानंद है।

'प्रियतमा' का पहला प्रकाशन 1988 में हुआ। ओड़िया भाषा में इसका पाँचवाँ संस्करण निकला है। इस बीच बहुचर्चित प्रियतमा का अंग्रेजी अनुवाद 'The Darling' अमेरिका की ओहियो स्थित ब्लैक ईगल बुक्स प्रकाशन संस्था द्वारा 2020 में प्रकाशित हुआ है।

इस अनुक्रम में प्रियतमा के हिंदी अनुवादक, प्रख्यात भाषाविद्, शिक्षाविद्, और साहित्य आलोचक डॉ. महेंद्र कुमार मिश्रा के प्रति और देश के प्रक्षत प्रकाशन संस्था··इन दोनों को मेरा साधुवाद।

—फनी महांति

पुष्पधनु 220/2039
बमिखाल, केनाल रोड
भुवनेश्वर–761010
फोन नं.–9037961878

अनुवाद के अंतर्लोक में

प्रेम, नारी, श्रृंगार, सौंदर्य, समर्पण और समाधि कविता के कल्पलोक में सदा विद्यमान रहे हैं। प्रेम को परिभाषित इसलिए नहीं किया जा सकता कि यह शब्दातीत है, अनुभूति गम्य है। प्रेम ही हृदय में आनंद का उत्स है। यही प्रेम अध्यात्म का प्रवेश-द्वार भी है, इसलिए हमारे प्राचीन कवियों ने ऐहिक प्रेम को ईश्वर-प्रेम का रूपक भी दिया है, चाहे वह मीरा बाई हो, कबीर या जायसी।

प्रेम जब वासनामूलक हो जाता है, तब वह देहज मात्रा रह जाता है, जिसमें व्यावसायिकता की गंध आती है। अस्तु प्रेम अपने वास्तविक रूप में कल भी था, आज भी है और कल भी रहेगा; परंतु कवियों की कल्पना, दृष्टिकोण, अभिव्यंजना में भिन्नता तथा कहीं-कहीं उसे व्यक्त करने की असमर्थता प्रेम के अमूर्त रूप का प्रमाण है।

प्यार दो आत्माओं को मिलाकर एक नई इकाई की सृष्टि करता है। इस नई इकाई की ताकत और स्वामित्व इस बात पर निर्भर है कि दोनों आत्माओं की अनुभूति कितनी गहरी है, जिससे शारीरिक रूप से दूर रहकर भी एक बनी रहती है। जब दो आत्माओं में प्रेम उपजता है तो एक-दूसरे के लिए पर्याप्त हो जाते हैं और अपनी खुद की दुनिया बना लेते हैं, जिसे बाहरी दुनिया की कोई आवश्यकता नहीं रह जाती। प्रेम वह जीवन-धन है, जिसके सामने अन्य भौतिक संपदाएँ तुच्छ प्रतीत होती हैं।

दुनिया भर में विकसित विभिन्न काव्य विधाओं में प्रेम-कविता आम है। प्रेम-कविता को पढ़ने का मतलब है—अपने प्रेम की अनुभूति; जिसे नकारा

नहीं जा सकता। कोई नहीं कह सकता कि उसने प्रेम नहीं किया है। प्रेम कविताओं की अनूठी विशेषता है। अनुभावों का बार-बार उल्लेख, जैसे शरीर से स्वेद, मुकुलित केश, कंपन, व्रीडा अदि, इसके अतिरिक्त कवि उपमाओं, रूपकों, उत्प्रेक्षाओं अदि से।

अपने अनुभूत प्रेम को व्यक्त करता है, जैसे नारी के गोरे बदन को पहाड़ की गुफा या घने बादल में छुपा चाँद कहता है और उसके नैनों को कटार। प्रियतमा के विरह में पीड़ा विरही को होती है। वह अनंत काल तक मुक्ति के लिए छटपटाता है। और उसे समझने में अपना जीवन व्यतीत कर देता है। फनी महांति ने अपनी प्रेम-कविताओं में प्राय: देहज श्रृंगार की अनुभूति और उस प्रवृत्ति से निवृत्ति का हृदयग्राही चित्रण किया है।

अनुवाद वास्तव में अनुसृजन है—दो भाषाओं और दो संस्कृतियों का। हालाँकि प्रियतमा और नारी, प्रेम और छल, प्रताड़ना और व्यर्थता सार्वजनीन है तथा किस संस्कृति में इसका कैसा वर्णन होता है, केवल दृष्टिकोण पर निर्भर होता है। भाषा विशेष किस प्रकार उसकी संस्कृति से उपजती है, कैसे उस शाश्वत प्रेम को भाषा में लक्षणा, व्यंजना से अभिव्यक्त किया जाता है, उसे दूसरी भाषा में यथावत् व्यक्त करना कठिन है, क्योंकि प्रत्येक भाषा उसकी संस्कृति की आँख होती है। ओड़िया से हिंदी अनुवाद करते समय ऐसे कुछ शब्द हैं, जिनका सीधा अनुवाद करना कठिन है।

इस अनुवाद-कार्य में डॉ. चितरंजन कर, भाषाविद् एवं कवि के प्रति आभार व्यक्त करता हूँ, जिन्होंने मेरे द्वारा किए गए हिंदी अनुसृजन को अलंकृत करने में अपना योगदान दिया है। कविता पढ़ने से पहले दिखनी चाहिए—अंतर्मन में एक छवि प्रत्यक्ष होनी चाहिए। यहाँ एक भाषा से दूसरी भाषा के मूल्यों की समतुल्यता दिखानी होती है, तभी अनुसृजन सार्थक और सफल होता है, शब्द के लिए शब्द रखने पर कदापि नहीं।

कवि फनी महांति की और भी कविताएँ हैं। इनकी 'प्रियतमा' को ओड़िया के आँगन से निकालकर हिंदी की आँगन में लाना सहज नहीं है।

उम्मीद ही नहीं, विश्वास भी है कि इस कविता-संग्रह से गुजरते

हुए प्रिय पाठक अपनी-अपनी प्रियतमा को यथा रूप देख सकेंगे और अपने-अपने कल्पलोक में कविता का रसास्वादन भी कर सकेंगे, क्योंकि सुख-दुःख, हर्ष-विषाद, आशा-निराशा—सब मन के विषय हैं, कल्पना के उत्पाद हैं।

—महेंद्र कुमार मिश्र

1

अकेले छोड़कर मुझे, तुम जो चले गए,
और यहाँ मैं डूब रहा हूँ,
समंदर के अतल जल में।

आसपास नहीं कोई सहारा,
दिन–ब–दिन रास्ता खत्म होता जाता है,
अथाह जल में अकेला डूबते हुए आदमी जैसा
मैं खुद ही खुद का दुश्मन।

प्रियतमा,
दुःख तो एक नीली नदी है
दुःख की नदी के किनारे बैठकर
थिरकते हुए पानी में,
मैं देख रहा हूँ चुपचाप, तुम्हारी फीकी सूरत,
मेरी किस्मत की लकीर में
तुम एक गहन काली साया।

सहज और सरल, अनासक्त भाव,
निस्संग जीवन, कोहराम के समंदर में
डूब मरते हुए आदमी को
तिलमिलाते हुए
देखने का दिन।

चारों ओर क्या कुछ हो रहा है,
मालूम नहीं किसी के आदेश में,
गला सूखकर गोंद हो गया है,
टेलीफोन सुप्त
आसमान में अनगिनत बारूद की बू
निरर्थक बयालीस वर्णमाला से
भरमार एक-एक संवाद।

उठती-गिरती मेरी छाती, प्रियतमा,
हर पल मधुर और कोमल शब्दों से
हर पल जीता हूँ और मरता भी हूँ,
किसी अपूज्या अभिशप्ता योगिनी के
अद्भुत अरमान से।

इस द्यावा धरती में क्या कुछ घटता नहीं
क्या इस जीवन में और कुछ उम्मीद नहीं
देखते-देखते इस जीवन की नदी के
दो किनारों को पानी लाँघ जाएगा
आदमी की किस्मत की लकीर,
एक बारहमासी चिड़िया के रंग की तरह,
खुद-ही-खुद बदल जाएगा,
किसी निर्मम अदृष्ट ऐन मौका देखकर
अपने हाथों में एक लकीर काटकर चला जाएगा,
और लौटने के लिए न रास्ता, न पगडंडी।

जितना प्रयास करने से भी,
मैं उसी चौराहे को लाँघ नहीं पाऊँगा प्रियतमा,
क्या तुम उसी वक्त

धूल में सनी हुई मेरी सलवट
हरे रंग के झरझरे पतले बदन को
गंभीर संवेग में आलिंगन करोगे?
कपाल से टपकते हुए पसीने को तुम अपने
सफेद शंख जैसे पल्लू से साफ करोगे?
सदियों से संचित सब गुस्सा और अभिमान
भूल जाओगे और नई कहानी सुनाओगे?
जमा हुआ सब दुःख और यातना,
न बरसनेवाले बारिश के
पानी में बह जाएगा।

□

2

चारों दिशाएँ, चौदह भुवन खाली-खाली लगते हैं,
एक अध-जला दीया की रस्सी की तरह
नाम के वास्ते हाथ-पैर पसारकर,
गिरा हुआ हूँ मैं।

यह कैसा जीवन है प्रियतमा?
हर पल मैं कितने शब्द जोड़ता हूँ और तोड़ता हूँ,
जुड़े-तुड़े इन्हीं शब्दों से मैं
एक वाक्य की माला भी बना नहीं सका,
इस जीवन में।

करोड़ों तारों और चाँद और सूरज के मेले में,
तुम ही तो मेरे साक्षी हो,
तुम ही मेरे साक्षी हो भाव में रहकर भी
कवि मर सकता है, अभाव के नरक में।

इस जीवन को अकेले में जाने दो, प्रियतमा,
चाहे तुम जितने न पहुँचनेवाले दुनिया में,
तुम ही मेरी प्रथम और आखिरी वर्णमाला
तुम ही मेरा प्रथम और आखिरी वादा।

□

3

पहले और आखिरी वादों के बाद तुम
चली गई तुम्हारी राहों में और कभी भी
मिली नहीं इस जीवन में,
टूटे हुए रिकॉर्ड की घुन-घुन आवाज की जैसी
सारी बात रह गई अबूझी और अस्पष्ट
अंतिम क्षण में।

क्या प्यार किसी निषिद्ध पेड़ का फल है,
जिसे ढूँढ़ते-ढूँढ़ते, मिलने के लिए
गुजर जाएगा सारा जन्म?
बदनाम के नगाड़े की आवाज में
एक रात होती है सात रात,
समय के निली वन में।

इस घने बादल और बारिश में क्या तुम
बेझिझक आ सकती हो प्रियतमा?
टुकड़े-टुकड़े बादल की फसल
भय और आतंक में दिन-रात
चारों ओर अनगिनत घने-नील बीहड़ जंगल।

क्या तुम सचमुच आओगी चुपचाप
दोपहर की छम-छम नूपुर की तानों में

कमर में कमरबंद,
गले में चंद्रिका की माला,
पहन के सोने की किंकिणी, मोहिनी के रूप में।

आखिरी वादे के बाद
मैं गुम हो जाता हूँ तुम्हारे सपनों में
भूलकर पाप और पुण्य, विषादित माधव जैसा
निर्जन निकुंज में,
चमकते हुए देखता हूँ, क्या तुम सचमुच आ रहे हो
पहनकर काले बादल जैसी साड़ी,
बिसराकर मान और अभिमान
इस घने जंगल में?

हरे बिस्तर में मेरा
सपने की आत्मा पक्षी
चकित, बार-बार करती है चीत्कार,
किसी गहन जंगल से
घने स्तन के भार में थके हुए
अपने बदन को लिये हुए
क्या धीरे-धीरे आ रही हो, मेरी प्रियतमा।

देर मत करो सखी,
चल-चंचल मृगाक्षी
अगर किस्मत फूटे तो यह
घोर बारिश का क्षण टूट जाएगा,
तुम्हारी गैर-हाजिरी में मेरे उदास तन-बदन,
गहन घोर चल रही है ठंडा…

□

4

आखिरी वादे के बाद तुम
चली गई अपनी राह में
इस जीवन में और देखना हो नहीं पाया तुमको,
आखिरी वादे के बाद,
लेकिन बात तो छुप नहीं सकी,
अकेला कवि मरा दाहक नरक में।

घने कोहराम में डूबी हुई
छुपती हुई स्मृति,
चुप सी मुसकान और रुँधी हुई साँस
और गोपन संवाद,

तिरछी नजर में
अलग–अलग दृश्य
आसमान से आसमान को दौड़ता
दुर्दिन के बादल की गरज।

भीगे हुए धतूरे की माला में
उदास और आलस मूरत
मुक्ता जैसे ढल–ढल
सफेद–सफेद पल्लू में

कामासक्त नंगा बदन,
दिगंबरी जैसी अपरूप
भाव की मूरत किसी शिल्पीकार का
जन्म तो तुम्हारी तूलिका से
तुम दिखती हो सुडोल श्यामल
तुम्हारे रूप की मदिरा में
भरमार निली–हलाहल।

सारे तीरथ का भूस्वर्ग
तुम्हारा विशुद्ध
पवित्र बदन।

सभी आशा और आश्वासना के अंदर
प्रतीक तुम्हारा निष्पाप
और बेशालिस प्यार।

बिन भटकता हुआ यह यात्रा की तरह
तुम्हारे बदन के आवर्त में
जब तक मैं परिक्रमा न करूँ
खुद को अनायत्त न कर दूँ
खुद को आत्मस्थ न करने तक
मुझे मुआफ कर देना प्रियतमा,
आखिरी घड़ी में यह मेरी किस्मत।

□

5

कितनी पीड़ा है दूर प्रवास में
सपनों में घने बादल के आकाश में तैरते हुए
चिड़िया जैसे उड़ने में।

कितनी पीड़ा है, तुम्हारी यादों में खो जाने में
तुम्हारे प्यार में रम जाने में
चुपचाप दोपहर में पल-छिन तुम्हारी राह का
इंतजार करने में,

याद को टटोलकर बड़ी हैरानी से
खुद पढ़कर अपने भाग्य की वर्णमाला
अनजाने भय और आतंक में,
जैसे टूटता हुआ एक सूखा पेड़।

कई सदियों से आओगी बोलकर
वादे करके चली गई तो गई,
कुछ हिसाब है इसका ?
हर पल देखता हूँ मैं तुम्हारी परछाईं,
आते-जाते हो तमाल की लता में
गला सूख गया है गोंद जैसा,
आसपास कोई नहीं,

तुम्हारे आने से देर हुई तो
मेरा तन-बदन अधीर बुरे सोच में।

तुम आओ या न आओ
अभिमानी चंद्रमुखी
पल-पल आपदा बढ़ रही है,
कौन सी नारी शर्म छोड़कर
चुंबन देती है!
कौन सी नारी मद और मात्सर्य में
होती उन्मत्त!
तुम बिन प्रियतमा,
देश दिक् अंधकार
मन नहीं लगता मेरा विषयवासना में।

वादा किया था तुम, आओगी,
गई तो गई हो,
कितने बरस बीत गए,
क्या तुमने इसका हिसाब रखा है?

6

एक सुरक्षित दूरी में रहकर क्या सोचा है,
कि एक पार्थिव खरीदार जैसा
मैं अपने हाथ पसारकर
खड़ा रहूँगा अनंत काल
तुम्हारी दया और अनुकंपा के लिए,
भटकता रहूँ यादों के गोरखधंधे में, बेलगाम,
और अपने दुर्भाग्य के बावजूद
जीवन भर लड़ाई करता रहूँ
खुद के साथ बार-बार।

लड़ाई को जाने के लिए
मुझ पर प्रतिबंध है, प्रियतमा,
संन्यासी बनना भी नहीं,
दूसरे कोई लावण्यमयी के प्यार में फँसना भी नहीं,
मेरा कविता लिखना भी प्रतिबंधित है।

एक कवि बनने के बाद, हिम्मत किसकी है
कि उसे कोई नजरबंद कर ले?
न पत्नी, न प्रेमिका,
न कोई मूल्यहीन अचल शास्त्र,
न अनावश्यक पुराने व्याकरण।
सारे तत्त्व गलत हो जाते हैं,

एक कवि होने से,
सारे व्यतिक्रम का सूत्रधार, हे कवि,
कवि द्रष्टा,
कवि स्रष्टा,
कवि ही ईश्वर
मत खींचो अपने हाथ में तीन लकीर
सब जीवों में से
कवि एक दुर्लभ नजीर।

यह क्या विचार है, प्रियतमा,
पहली नजर में जिसे अपनाया जाता है,
स्नेह, श्रद्धा, सहानुभूति से
बाँधकर दो बाहुओं के बंधन में
क्या एक नारी कर सकती है उसकी हत्या
खुले दिन की रोशनी में,
निष्ठुरता और निर्ममता से
बगैर विचारकर
ठीक या भूल,
खुद अपनी मर्जी से ?

सब किस्मत है प्रियतमा,
सब किस्मत है,
कवि होकर जन्म लेना,
कवि जैसा जीना और मरना
और सुंदरी नारी से प्यार करके
सारा जीवन हैरान होना,
सब किस्मत है, सब किस्मत।

□

7

फूलों से सजाऊँगा तुम्हरा कवरी
फूल की टाहिआ दूँगा, बाँहों में बाहुबंद
पैरों में पहनाऊँगा चाँदी की पाजेब
तुम्हारे बदन के तमाल वन में
बदन और मन एकाकार
कोई राह मिलती नहीं,
आषाढ़ के आसमान में आकस्मिक
तूफान अपना पल्ला झाड़ रहा है।

इस अंधे तूफान की रात में, सखी,
मन विचलित,
मंद-मंद ठंडी हवा,
द्रुत निःश्वास में काँपती है छाती,
और कौन आँकेगा एक बार मधुर चुंबन।
तुम्हारे पद्म कोरक में समर्पित सत्ता
तुम्हारी रिमझिम-रिमझिम नूपुर की आवाज,
जकड़ जाओ मेरे बदन में,
छोड़कर भय और लाज।

गहन घोर जंगल में आँधी और
इस ठंडी रात में,

क्या बदन समझ सकता है लोकाचार
और नीति और नियम?
बदन के संपर्क के बिना,
मन एक निरर्थक शब्द,
तुम्हारी भारी नितंब की हड्डी और संधि में
अशरीर प्रेत का किलकिला नाद।

लोगों की भीड़ में भी कितना
अकेला लग रहा है,
कितना अकेला लगता है,
तुम्हारे बिना इस तमाल वन में,
क्या तुम यह पंचभूत शरीर से
एक और अभिन्न हो?
तुम नहीं हो, फिर भी, तुम्हारा रूप झलकता है
मन के दर्पण में
कई रंग लेकर,
तुम पास नहीं हो, बहुत डर लगा रहा है,
सचमुच, इस अगम जंगल में।

कब आओगी तुम,
मैं तुम्हारी राह ताक रहा हूँ,
उत्कंठित होकर
मानो एक जिद्दी बालक की तरह एक ही जिद में,
चाहे तुम आओ या न आओ,
यह जन्म नहीं है अंतिम जन्म,
इंतजार करूँगा···

□

8

किस नाम से तुम्हें पुकारूँ प्रियतमा ?
श्यामा, सुतपा, विशाखा, कांता, मनोरमा
या पुष्पा, वीथिका, भद्रा, मल्लिका, तिलोत्तमा।

जिस नाम से पुकारने से भी
तुम्हारा नाम ही प्रतिध्वनित होता है
मेरी नस-नस में
चौंसठ साल के बाद भी यह मधुर दुनिया में
तुम्हारी कोमल पुकार का कंपन
हवा में अनुरणित हर पल,
क्या तुम किसी न पहुँचनेवाली किसी दुनिया की
स्वप्न पारिजात हर रक्त कण में
दुःख की सीमाएँ विस्तारित।

तुम्हारी बदन के कोणार्क में एक
टूटा-फूटा निर्जीव निर्वाक् मूरत,
जो कुछ दृश्य जगत् में खूब
मुलायम, लेकिन करुण,
न दिखनेवाले जगत् में भी
हमारा अस्तित्व निरर्थक,
धूमिल, ध्वांत और वर्णहीन।

कभी-कभी प्यार भरी माँ जैसी, तो कभी-कभी
नाक में रोनेवाली पत्नी जैसी,
बहुत दूर दुरांतर से, तुम ऐसी लगती हो, जैसे
मैं करोड़ों देवी-देवता
करोड़ों चाँद और सूरज, ग्रह और नक्षत्र को भूल जाता हूँ,
भूल जाता हूँ, माँ की निष्कपट, कोमल, मधुर बोली,
भूल जाता हूँ मंजूर की हुई अनिश्चित किस्मत, लेकिन
दृढ़ और निश्चित भविष्यत्, एक समर्थ पुरुष जैसा
मेरे जितना अपाहिजपन, चाहे प्यार में हो या घृणा में
तुम्हारे प्यार में बाँधा हुआ है, मेरा बाकी जीवन।

□

9

तुम्हारी दुनिया में दिन-ब-दिन
बहुत अजीब लगता है
सारे दृश्य हो जाते हैं अदृश्य,
किसी शिखर के गुप्त बिंदु में
सारे चित्र कुरूप और गहरे काले
नेगेटिव जैसा दिखता है
यह, अलग एक कवि का संसार।

कवि के संसार छोड़कर
अजनमा वैरागी जैसा,
यहाँ-तहाँ गुजारता हूँ जीवन

साया जैसा हर पल तुम्हारे पीछे
रहकर भी नहीं रहा जैसा
गिरा हुआ मुँह लेकर पड़ा हूँ
चारों हाथ-पैर पसारकर यहाँ।

तुम्हारा क्या अद्भुत संसार है यह, प्रियतमा,
चारों ओर से बंद, सन्नाटा
पानी में छूटी हुई लकीर जैसा चारों ओर से
दौड़ते हुए आते हैं, ईर्ष्या और असूया के
नुकीले तीर।

सोने-नाकवाली लावण्यमयी मेरी पत्नी,
हीरों की पाजेब पहने रुनझुन शब्द के साथ
लाल होंठों में, तरंग खेलती
मेरी लाड़ली, अनमोल रतन
जिद कर रही है एक कलर टीवी के लिए
अँधेरे की आड़ में एक घर के भीतर
एक दीपक की लौ में
गला घड़घड़ाते हुए मेरी बूढ़ी माँ
सुर के साथ गा रही है दशम स्कंध।

गाँव में तीन पीढ़ियों की जमीन,
घर, आँगन, आम के बगीचे,
उजड़ा हुआ मछली का तालाब,
कच्ची मिट्टी में सना हुआ,
काँटे बाँस की पतझड़ वन,
संक्रांति दिन का उत्सव,
दोली का उत्सव, सब रहते हुए भी, जैसी नहीं है,
एक भद्र और उदास मार्जित जीवन,
फिर भी, चारों ओर दस दिस सूखा और पतझड़,
टूटा हुए पेड़-पौधे,
हाल में हुई विधवा की झुलसी हुई सूरत की तरह
उदास और मलिन।

कई बातें थीं,
मन खोलकर बोलने के लिए तमाल वन में,
एक बात भी कह नहीं सका
रुँधी हुई साँस,

साल–पर–साल बीत जाने के
बाद तुम्हारी याद में।
सबकुछ अचानक खोने के बाद,
भरपूर लोगों की चलती हुई रेल में,
और क्या रह जाता है बाकी,
बूढ़ों के बदन में झूलते हुए

चर्म में लाठी ठक–ठक करके
मैं इंतजार करता रहूँगा,
इस उम्मीद के साथ
कि तुम गलती से राह भटककर
आ जाओगी यहाँ।

सबकुछ इधर–उधर होकर
महा–प्रलय में खो जाने के बाद,
अनजाने में रह जाती हैं कुछ यादें,
मन के किसी कोने में या गड्ढे में
और ठेके हुए दिल में कुछ लगता है।
मुसकराते हुए विदा दो मेरी प्रियतमा
विदा जन्म–जन्मांतर के लिए।

□

10

क्या दिन
क्या रात
तुम्हारी सोच में मेरा
मन जर्जर।

तुम पास में नहीं हो,
मुझे अँधेरा दिखता है चौदह भुवन,

हर पल साँस रुक जाती है,
हर जगह तुम्हारा साया,
भूत जैसा हँसता है टहटहाकर,
इस दोपहर की धूप में, मुझे लगता है
कि किसी जोगिनी ने मुझे पकड़ा है।

मंदार फूल की माला पहनकर
मैं नाचता हूँ, तो नाचता रहा हूँ
दिन–रात तुम्हारी याद में।

मुझे बिन बताए,
घर लौटती हुई चिड़िया जैसी
तुम एक राह में

गई तो गई,
याद है, कितने साल बीत गए?
याद है,
उसी दिन की तिथि, वार, राशि और नक्षत्र?
याद है,
मेरी भाग्य-रेखा में किस घर में शनि थे,
और कितनी आधे उम्र में?
किसी विधाता के आदेश में,
पुरानी चिट्ठी जैसा, तोड़ा-मरोड़ा हुआ
तुम अपने मुँह लटकाकर पड़े रहे
किसी घर के कोने में रखे हुए टीन संदूक में,
जो कि तुम्हारा खूब अपना था एक दिन।

किसके पास कहूँ अपने मन की बात, प्रियतमा?
सब तो इस नश्वर संसार में पहा हुआ एक-एक
टूटा हुआ दुःख का जहाज, मुहूर्त नहीं कि काल नहीं,
घना अंधकार लपक-झपककर झपटकर आता है
धरती में हिल जाता है मेरा पैर,
मैं तुम्हारे प्यार में बाँधा हुआ
एक जाति, गोत्र, कुल हीन उदास प्रेमिक।

□

11

समय–असमय न मानकर
तुम्हारी अमूर्त जैसी मूरत
खड़ी हो जाती है कभी
बंद खिड़की खोलकर,
मंद–मंद हवा में तैरती आती है तुम्हारी
मीठी–मीठी आवाज,
बदन में लगाई हुई बासी हल्दी का वास
महकता हुआ,
बातें सब पानी के बुदबुदे
जैसा फीट–फाट करता है
इधर–उधर की बेकार बातों में,
देखते–देखते उदासी दिन कल मेरा समाप्त हो जाता है
असमय काल मैं।

दिन जाता है,
मन मरता है,
एक पल की बात के लिए
एक जीवनकाल भी कम है,
मन मेरा विकल तुम्हारे साथ
लाखों–करोड़ों युग जीने के लिए।

प्रियतमा,
यह क्या उदग्र उमंग
जिसका अंत या आरंभ कुछ मालूम नहीं,
तुम्हें समझने के लिए
एक जीवनकाल पर्याप्त नहीं है,
मरते-मरते मैं जिंदा हूँ, खास तुम्हारे लिए।

दिन था, जब मेरे नटखटपन में कुछ अर्थ था,
कब माया का बंधन तोड़कर आया था मैं,
तिथि-वार नहीं मानकर तुम्हारे पास में आया था,
एक अभिशप्त प्रेमिक की तरह।

सामने जब मिलोगी, तब दो-टूक बात होगी
पूछूँगा तुम्हें तुम्हारी खबर
यहाँ अकेला जिसके दुःख से और क्या दुःख है,
जो इतनी पीड़ा देगा इस जीवन में।

विरह-विधुर जुबान अधीर शोक में,
कोई घना डार के ऊपर बैठे हुए
गा रहे हो कौन सा शोकगीत,
और कौन आकर देगी मुझे
इस शापग्रस्त जीवन में सुखद वार्त्ता।

मेरे जितना ढूँढ़ना,
फूल का तोड़ना
डार को तोड़ना
बनाना और तोड़ने का मंथन

घने वन में सब निरर्थक,
तुम बिन शब्दहीन निरर्थक जीवन।

प्रियतमा,
जहाँ हो, जैसी हो,
भाव में या अभाव में,
बात तो छुपती नहीं,
बात तो शब्दों का तीर
हवा में निकल जाता है योजन-योजन।
इस बदन, इस मन लेकर
जानेवाला और कभी लौटता नहीं
सारी रात बिता जाए छटपटाहट में
स री रात तुम्हारे सपने में,
मेरा जर्जर थका हुआ तन-बदन।

□

12

पाटली फूल से तुम्हारा
चहकता हुआ चिकना जूड़ा
आओ, मेरे पास जकड़कर बैठो,
एक घड़ी मुझे देखो,
कितनी फीकी और
कितनी उदास है मेरी सूरत,
जो कभी दिखती थीं
तुम्हें चाँद की किरण,
बहुत प्रिय, बहुत सुंदर।

पाटली फूल से तुम्हारा
चहकता हुआ चिकना जूड़ा
पाटली फूल के रंग जैसी साड़ी,
तुम्हारी बदन में,
मेरी बेहद पसंद।

मेरे मन के उजड़े हुए बगीचे में
शाम को उगता है फूल,
तुम एक मुरझाया हुआ
एक मतवाला न मिलनेवाला फूल,
आओ, पास बैठो,

खुले मन से कुछ बात करो,
क्या तुम, मेरे हैरान जीवन में
दिक्–दिक् जलती हुई
एक न बुझनेवाली प्यार की मसाल?

□

13

पहले आषाढ़ के
क्या तुम परत-परत
तैरते हुए सफेद बादल
दिखते हो लुभावना
जीवन में भी और मृत्यु में भी।

क्या तुम राह भटकनेवाली एक अनजान चिड़िया,
मानो नील गगन में उमड़ता हुआ बादल
उड़ती हो अकेली, अकेली,
कवि की पृथ्वी है यहाँ अकेली,
तुम बिन कितनी बेसहारा!

यादों के फूल के बगीचे में
तुम मेरी फूलों की रानी
जूड़ा में खोंसे हो फूल लाल रंग की
बिंब लाल अलक्तक में
हल्दी के गुरु-गुरु सुबास में,
बिन-सावन की बादल जैसी
तुम दिखती हो शांत और उदार।

खोल दो प्रियतमा अपना जूड़ा
पहले आषाढ़ में,

घने काले चिकने बालों से गिर जाएँ
मुक्ता की फसल अविरल।

आसमान में दौड़ता हुआ
घमासान मेघ का ईगल,
धरती की छाती चीरकर पसारे हैं
माटी की महक,
मन और उम्र, दोनों उत्तेजित,
आओ प्रियतमा,
खुले जुड़े में तुम्हारे,
एक फूल पहना दूँ,
न भूलनेवाली हमारी
यादों के जीवन की नदी में
तैरता है निरंतर लक्ष्यहीन
दुःख का जहाज।

□

14

तुम्हारी याद घने काले बादल जैसी
तैरती हुई आती
सावन की धारा से
किसी दूर उपवन से

ऐसा क्यों लगता है,
तुम्हारी बात अचानक याद आने से
बढ़ जाता है रक्तचाप
छोटा शरीर दिखता है मैला
मन समझता नहीं, याद आए,
भीगी हुई मिट्टी की गंध में मेरी उम्र
धीरे-धीरे खपती जाए।

मिट्टी की गंध से
और तुम्हारी फीकी यादों से भीगे आसमान में,
हलका बादल किसी प्राण-पखेरू सा,
जला हुआ प्राण को छोड़कर उड़ जाता है
पंख टूटता है, पंख उगता है,
राह खत्म नहीं होती
एक आसमान से दूसरे आसमान एक
महाकाश में तुम्हारी याद, लहराती हवा में।

धार सावन में ठंडी हवा लहराता है
नचाकर थका हुआ पंख विचित्र छंद में
आसमान में झिलमिल
अचानक गहन घोर मेघ का ईगल,
लाज भरे नयन में,
और लाज भरी नजर में,
तुम मेरी बेसहारा धरती,
किसी विधवा के अंगबास जैसा,
दिखता कितना असुंदर!

मैं नहीं रह पाता अपनी आयत्त में,
जब आता है अचानक सावन,
खून में बिगुल बजने से
मैं नहीं रह सकता अपने आयत्त में
तुम्हारी याद, लौटती हुई चिड़िया जैसी
चमकते पंख, मिट्‌टी में लोटा है मिट्‌टी का घड़ा,
आसमान में योग मुद्रा में उदास ईश्वर।
बेशुमार तुम्हारी याद, तुम एक स्वप्न पारिजात
यमुना नदी के पठार में इंतजार करते-करते
बालुका-सेज बासी हो जाती है
रुनझुन-रुनझुन तुम्हारे पैर की पाजेब।

□

15

जिधर भी देखो
सफेद फर-फर चंद्रालोक
तुम्हारी पहनी हुई साड़ी जैसी
लौटती है धरती पर,
गुल्म-लता भरे पहाड़ के उस पार,
सुरक्षित अभयारण्य,
झींगुर की झीं-झीं, साईं-साईं भेड़िया का गर्जन,
वीभत्स रस का कान फटनेवाला गीत
गहन घोर बहेलिया पेड़ की आड़ में,
तुम खूब गोरी दिखती हो,
चंद्रालोक में मोहिनी वेश में।

आसमान से पाताल तक
मैं क्या कुछ सोचता हूँ,
मन-ही-मन हँसता हूँ, रोता भी हूँ,
उसी पल के बाद, अनजाने दुःख के
भय से डरता हूँ,
खेल में गलत खेले हुए खिलाड़ी जैसा, शरम के मारे
सिकुड़ जाता है, जैसे सैकड़ों दर्शकों के सामने
बात सब, घटित हो जाता है
पीछे-पीछे घटनाचक्र में।

घटना के चक्र में,
धूमिल विवर्ण एक साफ
स्क्रीन के बाद आनेवाली बात
और फिर न आनेवाली बात
हो जाती है, लेकिन तुम कभी नहीं दिखती
सप्तद्वीप महिमंडल में
तुम्हारा शोर सुनाई नहीं देता
गहन काले तमाल वन में।

जिधर भी आँखें खोलकर देखने से भी
तुम्हारा साया नहीं दिखता, गहन वन के चंद्रालोक में,
फिर भी, मैं थक जाता हूँ, तुम्हें ढूँढ़ते-ढूँढ़ते
कभी अकस्मात् तुम्हारी
गुमशुदा पाजेब से एक मिल जाए मुझ।

□

16

किसके शरीर में आत्मा में
तुम साया–जैसी छिपकर
रही हो, प्रियतमा?
कोई अहंकारी, असमर्थ पुरुष के
शतरंज में, किसी शीतल मौत के
दृढ़ आलिंगन में?

पहली मुलाकात की वेला में,
भूल जाती हो लेने–देने की बात सब,
मैं तेरी राह निहारकर बैठा रहा तो बैठा रहा हूँ,
दुःख से भरा हुआ यमुना पुलिन में।

बालू की सेज में मेरा फीका नीला उदास बदन,
आसमान में बेशुमार चंद्रालोक
आओ, आओ, देर मत करो,
काँच केंदु जैसा यमुना जल में बहता हुआ
तुम्हारे जुड़े के फूल काटती हुई लहरों को
जिधर भी देखूँ तुरई के फूल जैसी
बिखरे हुए सफेद उज्जल चंद्रालोक।

□

17

तुमने वादा किया था,
तुम्हारा बाकी जीवन मेरे
साथ बिताने के लिए प्रियतमा,
साया जैसा
तुम जकड़कर स्वर्ग, नरक या पाताल को
जाओगे मेरे साथ, लेकिन तुम्हारे आने के दिन,
हाथ न पहुँचनेवाला पद्म जैसे दूर सरकता जा रहा है,
मलिन दिखती है फूल की सेज लता के बीच में,
पुष्पधनु टूटकर लुढ़क गया है मिट्टी में
हारे हुए सैनिक की किस्मत की तरह
दुर्दिन की घनी काली रात दिए धीरे,
अनजाने में हमारी इस धरती को ऑक्टोपस जैसा
निगल रहा है।

घर खुला है,
खुला पड़ा है बेसहारा संसार,
पाँच फीट सात इंच लंबे साँवले बदन के लिए
कितना डर, कितना भय,
मोह और माया, कितना आदर।

दिन-ब-दिन तुम्हारी सोच में बदन काँटे जैसा हो गया है
हिफाजत करने के लिए

आधी रात में नशे में चूर होकर घर लौटने से
तागीद करके दो–टूक बात बोलने के लिए,
गुस्से में लाल होकर निकलो घर से बोलने,
न बोलनेवाली भाषा में मुझे फजीहत करने के लिए
और कौन है मेरा, प्रियतमा ?
खून में दीवार बनाते हैं छोटे भाई,
अपने लोग और सहोदर,
तुम्हारे प्यार के नशे में मदमत्त
यह बेपनाह व्यर्थ शरीर

□

18

तुम्हारी छोड़ी हुई दुनिया में
क्या कुछ नहीं होता है
सुबह की खबर कागज में
अक्षर का बम फूट रहा है
विकट शब्दों में।

चाय की पल-पल में ठंडा
पड़ जाती है,
इस घर से उस घर को इधर-उधर होकर
कौन सी अदृश्य आत्मा
लहरती है हवा में,
और मेरे खून का पहचान लेकर
इस प्रपंच को आया हुआ पुत्र,
मेरा पालतू तोते जैसा,
अविरल रट रहा है नर्सरी राइम।

प्रियतमा,
गेरुआ रंग की शांत शीत में
बुद्ध की मूरत जैसी तुम वरद मुद्रा में,
किसी कल्पित पुरुष की बाहु-बंधनी में,
या किसी युगल मूरत की चाँद में चित्रार्पित

किसी भग्न मंदिर में,
कहाँ हो प्रियतमा?
न तुम हो मेरे स्वप्न की एरकार वन में, या
न हरड़ा रंग न होता हुआ नंदन वन में,
बोलो प्रियतमा,
कौन हो तुम और कौन हूँ मैं?
अब हम दोनों कौन कहाँ?

□

19

टूटे–फूटे खिलौने में मैंने सजाए हैं
मेरा छोटा संसार,
जल्दी–जल्दी आकर एक बार देखो
देखो सूरज डूब जाने से
विवर्ण आईना जैसा यह घर
दिखेगा असुंदर।

शोक गीत में थर्रा जाएगा
सारा इलाका
प्रियतमा, क्या प्यार एक निषिद्ध पेड़ का
फल है ? हाथ पसारने से
सारे जन्म परेशान,
जन्म–जन्मांतर तक बेहद परेशान।

इधर गति निश्चल राह अंधकार
उधर स्वर्णाभ आलोक और गहन शोरगुल,
प्रमूर्त–प्रमूर्त भाव
प्रेम के कदंब वन में जोगी जैसा
इंतजार में घना नीला विषादित माधव।
मेरा अपना साया मुझे इस छोर पर
अतृप्त अशरीर आत्मा जैसा उठा–पटक करता है,

अदृश्य संगम में मेरा खून पानी-पानी हो जाता है,
तुम्हारे आने की वेला जब-जब टलती जाती,
मैं अपने आयत्त में रह नहीं पाता,
मृत्यु की शंख-ध्वनि पल-पल खिन्न भी करती है
मेरे शरीर और आत्मा को।

तुम मुझे भूल जाओ तो प्रियतमा,
सच बोलता हूँ, आज से बात खत्म
जीवन के उसी छोर से दौड़ आता है
कोमल, मधुर स्वर
प्यार की नदी का सीना चीरकर
बार-बार उठती है निःशब्द लहर।

□

20

जीवन और मृत्यु से
कितने नजदीक हैं हम प्रियतमा,
हमारा प्यार
शरद के आकाश जैसा शांत और निर्मल,
पान के पत्ते में मणि मुक्त जैसी तुम्हारी याद,
हृदयाकाश में विराजमान।

जीवन और मृत्यु में
तुम मेरे शांत कांत मधुर संगीत
बिन वादा पूरे घुल-मिल जाते हो मेरे साथ
आत्मा से मरण से भी मृत्युंजयी
चिक-मिक, झिलमिल
तुम्हारी साड़ी का पल्लू।

तुम मेरे रस भरे तैराकी फूल
दिक्-दिक् जलते हो याद बनकर
नीले आसमान में
पहाड़ी झरने के किनारे
यमुना जल में
यशोदा की सूनी गोद में
श्रमण के चौड़े कपाल में

जीवन और मृत्यु के परे दूसरा लोक
अदृश्य जगत् के दूसरे इलाके में
तुम हो और रहोगी
नील वृत्त जैसी ढके हुए मेरी देह,
मन और आत्मा में,
हर धूल में,
चेतना के हर स्तर और हर बिंदु में।

किसी अपरिचित निरर्थक शब्द के
नाद से मेरा टूट जाता है सपना, प्रियतमा,
भीगी हुई अश्विनी की कोहराम रात में
रंगीन फूल की निर्गंध महक की लालिमा में
स्वप्नमय हो जाता है दर्द भरा दिल।

यह जन्म आखिरी जन्म नहीं है,
मृत्यु के बाद हमारा मिलना होगा एक दिन
आदि-अंत ही हमारे प्रेम, हमारे पहचान···

□

21

धूमिल आसमान में साहनाई धारा श्रावण की
विचित्र नाद और लय में
गूँज उठता है मेरा श्यामल संसार।

मक्खी अंधकार में छरीं और विषाद और मलिन
अकेला-अकेला निःसंग भाव
नरम सेज में अधमरा साँप जैसा
छटपटाता हुआ डहक विकल
हमारी याद की विभव।

कितना मोह, कितनी माया
यह नश्वर देह के लिए विपुल पृथ्वी में
किसी अनजान साम्राज्य की
ऐश्वर्य मंडित देवी जैसा
लुभावना चित्रपट्ट जो
झल-मल हर पल मन के आईने में।

हर पल चलता है यहाँ जन्म और मृत्यु का युद्ध
लुका-छिपी खेल,
हर पल सिर से पैर तक चुभता है
पीड़ा का तीखा तीर।

रंग-बेरंग दृश्य में खूब भयानक दिखता है
तुम्हारी सूरत प्रियतमा,
सुरक्षित बगीचे का मैं भद्र द्वारपाल,
सोहल हजार वंशी का वादक,
संभोगी पुरुष जैसा, दिन बीते विरह में
अकेला इस मर लोक में
इंतजार में हो जाती है सुबह
बारिश में भीगी हुई रात की उम्र।

□

22

तुम्हारे नहीं आने से प्रियतमा,
धरा सावन में भीगी-भीगी हुई
गहन घोर बारिश की रात में
भीगी हुई साड़ी पहनकर तुम्हारे सुड़ौल बदन में
इस घर की सब खिड़की और दरवाजा खुला-खुला सा
सब है, लेकिन मन और मानस दोनों बिना सजे हुए।

किस प्यार में पागल किया है तुमने
टूट चुकी है मेरे पैर और घुटने की हड्डी
भौंरा की सूत जैसी दिन-ब-दिन
खत्म होता जाता है मेरा
ताकत और उम्र।

प्रियतमा,
तुम्हारे मुक्त घने-काले केश
बारिश में भीग रहा है
छाती के नीचे धक्-धक्
स्तनाग्र की उसमें बढ़ रही है बार-बार
निःश्वास-प्रश्वास द्रुत घुड़सवार जैसा
खेदता जाता है इधर-उधर
सूखा पेड़ कड़कड़-मड़मड़ शब्द करते हुए
लोट गया है मिट्टी खाकर जमीं पर।

इस महा घोर दुर्दिन वेला में,
अनयत्त होने से सब होगी भूलभाल,
भूल हो जाएगा लोकाचार रीती-नीति, शास्त्र और पुराण,
भूल हो जाएगा हमारे दुनिया का मानचित्र
शब्द अभिधान
कुल भ्रष्ट, वंश भ्रष्ट हजारों गोपनियों की
वेशभूषा और अंग भूषण
श्री बदन से फिसल जाती पहनी हुई साड़ी,
देखो-देखो,
बारंबार बहता है
उत्तरा पवन।

सावन के आसमान में उड़ता है,
पर झाड़कर उदास चकोर
विषाद योग में मेरा खड़ा-खड़ा
बीत जाए रात-पर-रात,
जहरीले खून से सना हुआ
मेरा नील बदन···

□

23

आज से बात खत्म
तुम जाओ तुम्हारी राह में
और मैं अपनी राह में।

बात खत्म होने के बाद
अपनी-अपनी किस्मत लिये हुए
अपने-अपने रास्ते में जाएँगे
तुम अपनी राह में,
मैं तो अकेला, अपनी राहों में।

मेरी राह में हर पल
अकेला मैं
एक बुझता हुआ दीया जैसा
मेरा होना न होना समान है
तुम अपने रास्ते में,
और मैं अपनी राह में।

सब वादे खत्म होने के बाद
और कौन सी अनकही बात को
बोलने के लिए मन किया प्रियतमा,
अनजाने में अपनी परछाईं देखकर
डर गया मैं, काँप उठा,

इसरो में बुलाई इतनी आवेश में कि
मेरा ध्यान टूट गया बीच रास्ते में,
चित्र प्रतिमा की तरह, तुम,
छिपी हुई थी मलिन चंद्रलोक में,
पलाश के वन में।

प्रियतमा,
किसी अदृष्ट के क्रूर निर्देश में,
अभिशप्त भाग्य को लेकर यह बदकिस्मत
आया था इस कल्पना की धरती को,
न फूल जैसा वास महकाया
दिन बिताया हँसते–हँसते,
न फूल के बगीचा के अबोध माली जैसा
तुम्हारे मन की बात इस जीवन में समझ पाया।

पलाश के वन में अपने हाथों में सजाओ मेरी चिता
पलाश फूल में सजाए तुम्हारी घना काला जूड़ा
हाथ काटकर लिखो हमारे न समझ पाने का
असमाप्त कलंकित इतिहास
जो एक दिन था,
हमारे लिए हमारे प्यार से ज्यादा अपना।

बात खत्म, बात खत्म मेरी प्रियतमा,
अब हमारी बात खत्म होने दो
आज से तुम जाओ अपनी किस्मत को लेकर
तुम्हारी राह में,
अकेला मैं अपने रास्ते में।

□

24

पतझड़ जैसा यह जीवन प्रियतमा,
आज मरने से कल दो दिन
दो दिन के जीवन को लेकर कितना लोभ,
कितना मोह, आँसू, खून और प्यार का उत्सव।

संपर्क के कीड़े से कटा हुआ दुर्बल हाथ
मकड़ी के जाल जैसे आपस में कितने दिन जकड़ते हुए
आरंभ से अंत तक, हर रँगी फूल का तोरन
हमारी छोटी दुनिया में कितना वाद-विवाद
कितना बदनाम, गुस्सा, कितना रोष
कलंक का नगाड़ा।

टुकड़े-टुकड़े आग के गोलों जैसा,
जल रहा है यह बदन, सुंदरी,
हर पल जो था तुम्हारे लिए खूब प्यार भरा
हर पल, मेरी साँस रुक रही है
जिधर भी देखूँ, काले-काले घने बादल का अंधकार।
इस मृत्युलोक में बात रह जाता है,
लेकिन सब दिन माथा नहीं मरता,
बदन मरता, मन भी मरता है,
आशा और अरमान मरता है,
लेकिन प्यार नहीं मरता।

तुम्हारे जाने के बाद, पल-पल
भारी लगता यह श्याम बदन
मरूँगा-मरूँगा सोचकर
कितनी बार नहीं सोचा,
लेकिन मरा नहीं तुम्हारे लिए
मानो तुम अकेली हो जाओगी
दुःख में टूट जाओगी
मुझे दोष देकर सबके सामने कहोगी
देखो, देखो इस पुरुष जाति को
कितना बेवफा, स्वार्थी, भांड
और लंपट नागर।

तुम्हारे प्यार में मैं तो बँधा हुआ
शाश्वत समय के लिए
प्रियतमा, जन्म में, मृत्यु में,
मृत्यु उपरांत के जीवन में
और उसके बाद अगर
है कुछ जीने की राह, है बिंदु में,
हर चेतना में
मैं जीता रहूँगा मरते-मरते
तुम्हारी याद में,
निष्ठुर निरवधि चिर वांछित
इस श्यामल वन में···

□

25

किस भूल के लिए मेरी
चिता सजाते हो, जीते हुए दृश्य जगत् में ?

चंदन की लकड़ी में सजाते हुए मेरा
पाँच फीट सात इंच शरीर
फूल और निर्माल्य में,
तुम्हारे दो कटे हुए हथेलियों में
सम्मोहित करते हो प्रेत पुरुष को
विमुग्ध मंत्र से।

दबाकर सारी पीड़ा
अपनी छाती के तले,
अपने हाथ में घी लेकर
हूत-हूत अग्नि को लगाकर
स्वामी और पुत्र के संसार-बंधन में रहकर
सद्य: विधवा की तरह
छिपाती हो लाज में अपनी सूरत।

सब लोग पूछ रहे हैं, बोलो कवि,
कौन है तुम्हारी प्रियतमा,
जिसके लिए लिख रहे हो

अनगिनत प्यार के नगमे,
तुम्हारी प्रियतम कवि, आँसू और खून से
बनाई हुई देवी या दानवी
एक बार मन खोलकर कहो
चाहे असमाप्त रह जाए प्यार की यह गाथा।

□

26

कटे हुए मुरगे की तरह ऊँचे-नीचे
उठाता और गिरता है यह बदन, पल-पल
बार-बार उठाता हूँ और
डूबता हूँ मैं तुम्हारे प्यार के
प्रवाल द्वीप में,

हर पल तुम्हारी कपट
और छलना की दुनिया से
ईर्ष्या, घृणा, संदेह और विद्वेष के नुकीले तीर
छूटकर मेरे निष्पाप आत्मा को
करता है खून से रक्ताक्त।

मेरा बेसहारा बेखयाल मन और प्राण
जलकर छटपटा रहा है,
किसी अप-देवता के अभिशाप से हर पल
बम से गिरा हुआ विमान देखते-देखते
गिर जाता है एकदम मेरे ऊपर।

बिन दृष्टि शक्ति का एक अंधा जैसा मैं
साफ देख सकता हूँ तुम्हारी हिंस्र,
रुद्र, भयंकर मूरत,

शिरा और धमनी में लहलहाती आग
जैसा फैल जाता है
मारात्मक जहर, एक शब्द भी
निकलता नहीं तुम्हारे होंठों से
विचार न कर मृत्युदंड मिला हुआ
एक निर्दोष आसामी जैसा
मैं देख रहा हूँ तुम्हारा विश्वरूप।

□

27

प्रियतमा,
क्या हमारी समझ और नासमझ
किया एक दिन का है?
क्या हमारे संपर्क
स्फटिक में बना हुआ एक घर
जो टूट जाएगा एक सामान्य धक्के से?

यह सब जानकर भी
कितना बेपरवाह होकर
मैं इधर–उधर छिपे हुए
बिताता हूँ दिन तुम्हारी न भूलनेवाली याद में,
और दर्द मेरा दिन–ब–दिन बढ़ता जा रहा है
सढ़े हुए यह मेरे अदृश्य बदन में।

अगर तुम प्यार करती हो मुझे इस जीवन में,
मत करो अविश्वास, मत समझो भूल,
कलंक का प्रचार करके मेरा
पवित्र प्रेम को भूल मत समझो, अगर
तुम मुझे प्यार करती हो इतना इस जीवन में
जन्म–जन्मांतर तक मुझसे
ईर्ष्या मत करो, न छोड़ो मेरा हाथ।

प्रेम में तो कवि होता है विश्व–विजयी
कवि ही प्रेमिक
तुम्हारे मन के अंदर के घने काले
उदास आसमान में
निःसंग पखेरू जैसा अकेला उड़ता रहूँगा
न डर, न भय, न धड़कन।

□

28

ओह, अहेतुक पीड़ा से
सारा बदन, मेरा थका सा लगता है,
महाशून्य से छिटककर गिरता हुआ जैसा
बार-बार मेरा दिल धड़क रहा है।

क्या मैं उसी कहानी का बहुपरिचित
बेचारा पहरेदार का पुत्र
ससेमिरा 'ससेमिरा' मंत्र जप कर
मुरदा बन गया हूँ, उस पेड़ के नीचे
और मेरा अंतिम विचार के लिए
चुपचाप बिना झगड़ा किए, बिना शर्त
किया हूँ मैं इंतजार।

सुबह होने से पहले अगर सचमुच
मेरी मृत्यु की खबर हवा में उड़कर
तुम्हारे पास पहुँच जाएगी,
कैसा व्यवहार करोगे तुम ?
पुष्पक विमान चढ़कर सावधानी से
छुप-छुपकर मेरी लाश को
एक प्रेमिका की नजर में देखने के लिए
क्या तुम आओगी ?

घृणा में, वितृष्णा में हो सकता है
तुम गिरा सकती हो
मुक्ता जैसी ढल-ढल दो बूँद तुम्हारी
आँखों के आँसू,
मेरे अभिशप्त जीवन का
तुम्हारी आँखों के आँसू मेरे
एकमात्र याद की संपदा।

प्रियतमा,
एक बार मन टूट जाने से जुड़ता नहीं,
एक बार राह भूलने से
काल-काल के लिए और सहारा मिलता नहीं।

मधुमय धरती में
कलकल-छलछल प्रीति की यमुना,
देह के मोह कटे तो कोई दुःख नहीं,
मैं तुम्हारे प्रेम में बँधा चिरकाल
मत करो, मत करो, प्रियतमा,
तुम्हारे प्यार में छलना।

□

29

जिसी भी आधिभौतिक जगत् में
भला हो तुम प्रियतमा,
तारा बनकर दिक्-दिक् जलती रहो
नीलगगन में
फूल जैसे महकती रहो
यादों के बगीचे में।

प्यार में जकड़कर पकड़ती रहो
उजड़ी हुई क्षर धरती को
पलाश वन में हमारे प्यार का अंत हो,
बात जीती रहे अनंत काल तक।

जिस न पहुँचनेवाली धरती में हो तो हो
निश्चित हमारा मिलन होगा एक दिन इस जीवन में,
किसी अनजान ग्रह या उपग्रह में
या किसी अनजान राज में।

बात रह जाती है, कोटि-कोटि युग की बात
खत्म नहीं होती,
विदग्ध कवि की कथा मुख से मुख जीती रहती है
काल-काल तक।

□

30

जहाँ हो, जैसी भी हो,
त्रिकाल संध्या में एक बार
मुझे याद करो,
सूखे होंठ में एक बार मुसकराकर एक चुंबन दे दो।

भूल जाओ हमारे अंधे इतिहास को अंधी जैसी
अवधारित भाग्य को, सारी विफलता को,
पाप और पुण्य के जीवन को,

श्यामल प्यार के बंधन में स्पर्श करो, छुओ,
मेरी अमृत आत्मा को,
माया से मोहग्रस्त न करो
घनी नील आँख की उपत्यका को
अबाध्य असहज कवि को।

एक बूँद उजली रोशनी में
चाहे खत्म हो जाए बाकी जीवन,
अभिशाप मत दो, दया करके
हमारी पवित्र आत्मा को।

जहाँ भी, जैसी भी रहो
आखिर वेला में मुसकराकर परम प्रेमिका जैसी

मुझे एक चुंबन दो, पंचभूत को, चलती हुई निःश्वास को
सूँघो, आह्वान करो, स्पर्श करो
सम्मोहित करो, निविड़ आलिंगन के
आह्लाद में प्रियतमा।

□

31

याद नहीं उसी दिन की तिथि, बार, राशि या नक्षत्र।
शायद साढ़े दस बजे थे,
हमारे मंदिर के पास गिरजा की घड़ी में,
तुम्हारा नंगा बदन, एक बासी मुरदा जैसा
पड़ा हुआ था एक सगुआं लकड़ी से बना अत्याधुनिक,
एक नए मॉडल से तख्तपोश पलंक में।

आसमान में काले बादल की बेलगाम आनमना फौज
इधर-उधर घूम रहे थे लगातार
नक्षत्र पुंज सो गए थे गहरी निद्रा में।

अकस्मात् मेरी नींद टूट गई
एक अशुभ स्वप्न में
नींद टूट गई तो
जितना उठा-पटक करके
करवट बदल-बदलकर भी नींद नहीं आई
मानो एक अतिकाय भय हमारे तख्तपोश पलंक की
पॉलिश किए हुए पैर में साँप जैसा कुंडली मारकर
बैठा था और उसका लह-लह काली किटमिट
जीभ से निकलता हुआ प्रखर निःश्वास मुझे दिखता था।

मैं भय और आतंक में सिहर गया
देखकर ऐसा एक विकराल साँप
और उसी साँप के मुख में दिख रहा था
एक अलौकिक जगत् का विश्वरूप।

कितने ताज्जुब चकित ग्रह
अनजान, अज्ञात नक्षत्र, अनाविष्कृत
रडार और भयानक नदनदी दुर्गम गिरिकंदर,
द्युलोक, भूलोक, भावलोक,
कितने-कितने दृश्य के बाद दृश्यावली देखने के बाद,
भाषा नहीं किसी शास्त्र की
इसके वर्णन के लिए।

क्या अजब वह सपना था प्रियतमा,
वही काली मिचमिच भयातुर रात की
रात की लहर में तैरता हुआ,
कोई एक भांड कापालिक आया है
रमण करने के लिए तुम्हारे मुरदा जैसे बदन को।

तुम्हारे निःश्वास और प्रश्वास की उत्कट वासना से
मेरे पैतृक प्राण क्षीण और अवश,
पत्थर की रुद्र मूरत जैसा
तुम्हारा रक्त और मांस के बदन स्वप्न में विभोर,
थर-थर थर्राते हुआ तुम्हारी लाल टुकटुक
दूध और अलता रंग की होंठ बंद लिफला की तरह
स्थिर और निश्चल, फिर भी

वह काले बदन का तांत्रिक पुरुष
बराबर कार्य में लिप्त
अनासक्त देवी प्रतिमा की तरह प्रियतमा,
लेकिन तुम थी निर्लिप्त और उदास।

□

32

विरोध भी नहीं किया
नींद से भी नहीं उठी
खूब जोश से शोरगुल करके किसी को
उठाए भी नहीं,

क्या तुम सचमुच रति में थकी हुई
एक विमुग्धा नारी जैसी खुद को बिसारकर
लेट रही थी एक मधुर अथच थकान भरे
वह वीभत्स दृश्य में?

मैंने रोष में पंचम होकर
गर्जन किया,
होंठ चबाया, सिर के बाल को मुट्ठी में नोचकर
तुम्हारे पिता-प्रपितामह का पिंड दान कर रहा था,
तुम्हारे साथ रेशम की डोरी में बँधी हुई गाँठ को
एक निठुर कशे जैसा काटकर
एक अलग जीवन जीने के लिए
प्रयास कर रहा था।

लेकिन मैं कुछ भी कर नहीं पाया,
पास-पड़ोस को बुला नहीं पाया

घर की हर स्विच लगाकर आलोक में
तुम्हारी सूरत को सामना करके देख नहीं पाया।
अकस्मात् मेरा सपना टूट गया प्रियतमा,
तुम्हारी पाली हुई काली बिल्ली को अद्‌भुत राव में
आँख मलकर देखा,
तुम अधजली लकड़ी की जैसी पड़ी हुई हो
तुम्हारी मुलायम गद्‌दी में।

तुम्हारा नाम लेकर तुम्हें बुलाने की हिम्मत नहीं हुई,
नींद भरी आँखों में अँगड़ाई लेकर तुमने आलस तोड़ा,
चंपा कली जैसी तुम्हारी उँगली की तुम
तुक-तुक करके फुटाई,
और उसके बाद, धीरे-धीरे तुमने अपने नंगे बदन को
अपने पल्लू में सजाया
सहज और निर्माया भाव से तुमने पूछा,
बोलो कवि, मेरी कसम, बोलो एक बार,
क्या कुछ दुर्घटना हुई?
क्या तुमने कुछ बेमतलब भयंकर सपना देखा?

सारे सपने सच नहीं होते
मन को पीड़ा मत दो,
मैं तुम्हारे पास रहूँगी जरूर,
साया जैसी युग-युग, काल-काल तक।

कितना सीधा-सादा था तुम्हारा सवाल,
सवाल का जवाब, निश्चल मूरत जैसा
मैं देख रहा हूँ तुम्हारा शांत, क्लांत,
उदास और आलस बदन।

प्रियतमा, आजकल बहुत डर लग रहा है मुझे,
इस अधेड़ उम्र में जोड़, घटाना
सब भूल-भटक हो रहा है,
स्वप्निल कवि की द्यावा धरती पर।

□

33

एक दिन तुम आओगी बोलकर तो
मुझे वादा किया था,
तूफान, बारिश और कड़कती हुई
बिजली की अँधेरी रात में,
हमारे जरता धरती अंतसत्वा
होकर चीत्कार करने से भी।

तुम आओगी प्रियतमा, नस–नस में
यह नश्वर जगत् की जितनी उत्तेजना लेकर
एक सीधी–सादी नारी जैसी
रुमझुम–रुमझुम शब्द में
डरावनी रात की निःशब्द विधवा लग्न में।

तुम आओगी बोलकर मैं सजकर बैठा हूँ
कि कितनी साल पहले मल्ली माल हाथ में लेकर,
कपाल में चंदन घिसे,
शुद्ध बदन को हरिद्रा के जल में,
धूप, दीप, अगरु की गंध में मेरे
संसार के वन को सुवासित करके

तुम आओगी, इसीलिए मैं कुछ पल
उधार लिया अपनी पत्नी से,
मतवाली हवा में मेरे पैर और गाँठ दर्द

एक रात के संगम के लिए,
जितनी शाही अभ्यर्थना, सजावट,
रोशनी और आतिशबाजी का आयोजन किया है।

उजाले चंद्रलोक में तुम जरूर आओगी
आसमान में न होगा तूफान,
न होगी बारिश या बिजली
सुवर्ण की आलोक माला दहकती हुई जलेगी,
दृश्य जगत् की शामियाना आ-दिगंत टँगे रहेंगे
ट्रैफिक की भीड़ चीरकर, जितनी भी अघटन होने से भी
तुम आओगी।

मृत्यु, अपमृत्यु-जनित सस्ता विज्ञापन,
कुलाचार, नीति और आदर्श
समाजपति की पैनी सतर्क नजर
और निष्ठुर निर्देश नामा
चरित्र की खोखली आवाज,
अपवाद, अपयश,
सारी घटना को बेखतिर करते हुए
तुम आओगी,
तुम आओगी, खून की लहर को काटकर एक दिन
एक दिन, हो सकता है मेरे अंतिम क्षण में।

निष्पाप कली जैसी तुम आओगी,
इसीलिए तो घर का दरवाजा खुला छोड़ा है
माँ, पत्नी, पुत्र के प्यार में बँधा हुआ,
मैं बेसहारा प्रेम का नौकर।

□

34

महकती हुई केतकी इत्र की सुबास
जरी से बना नीले पंजाबी में
सदर दरवाजा खुला रात भर
नजरबंद जैसी दिन ढल जाए,
रात भी बीत जाए
फिर भी तुम्हारा दर्शन मिला नहीं
आसपास इस भावलोक में।

दूर आसमान में टिमटिमाते हुए आँख के तारे
जलता रहा एक नीला तारा
सदर दरवाजा मेरा खुला रहा रात भर।

तुम्हारे लिए कविता लिखना बंद करूँ
बाजार में भी टहलना बंद
संसारी बनना बंद रहने दो, तुम्हारे लिए
संन्यासी बनना भी बंद,

वक्त गुजरते हुए हो गई आधी रात
फिर भी, तुम्हारे आने का नामोनिशान नहीं,
फूल की सेज कब से हो गई है मलिन
तुम्हारा छलना और फिसाद पकड़े गए हैं

मैं अपने आयत्त में नहीं
वक्त की जाने दो
फूल की सेज बासी होने दो
हमारा बात चित और कविता
बस यहाँ रहने दो।

ब्रह्म अभिशाप से
विधवा की निःश्वास से
यह छोटा संसार चाहे राख हो जाए
कुल में उत्तराधिकारी कोई न रहे
गर्व से कहने को यह कि
पिता था उसका एक पराक्रमी बेसलिस
स्पर्धित पुरुष, सामान्य एक नारी के लिए
पल-पल उजाड़ दिया
पितृपितामह का दिया हुआ महार्घ आयुष।

प्रियतमा, इतनी अंतिम गुजारिश
मेरी विदा-वेला में इस जन्म के लिए
चाहे आओ या न आओ तुम, मेरा दुःख नहीं।

यह निर्मल प्यार, लेकिन जिंदा रहेगा
इस धरती में लंपट कान्हा···

□

35

मैं तुम्हारा प्रिय कवि
तुम मेरे जिगर की कविता
जितनी न पहुँचनेवाली दूरी में
रहने से भी रहो, कोई दुःख नहीं
तुम मेरी आत्मा की आत्मा,
मेरा प्रतिबिंब, मृत्यु
और मृत्युत्तर जीवन में
तुम एक अनिर्वाण दीया।
समझो या न समझो
तुम्हारी शब्द की चतुरता, प्यार की दुनिया
हमारा निष्कलंक,
हम दोनों आपस की प्रतीक।
निबुज निरापद संसार के लिए
कवि का न लोभ है, न मोह
गर्व, दंभ, अहंकार के लिए तुम्हारी
ईर्ष्या या असूया नहीं है कवि का,
तुम्हारे शाश्वत स्वेच्छा जीवन के लिए मुख मेरे जिह्वाग्र
अरमान और अनिच्छा की अनिश्चित दुनिया
पार्थिव, पारमार्थिक सत्ता की
दर्पित पुरुषकार मोम जैसा चाहे पिघल जाए
भाव और संवेग का संसार-वन चाहे ध्वंस हो जाए

लेकिन एक शब्द भी न रहे,
हमारे छुपे हुए
प्यार के इश्तहार को बोलने के लिए।

प्रियतमा
अपने अंदर खुद जलकर राख होने से
उम्मीद की दुनिया में कौन सा दुःख इतनी यातना जर्जर
कि शास्त्र पलटने से, ग्रह और नक्षत्र का रास्ता बदल जाएगा
घृणा और वितृष्णा में ईर्ष्या और सीत्कार में
पहना देना बदनामी का टूटा-फूटा एक मुकुट
अपने प्रिय कवि को अलविदा करते समय।

□

36

परम स्पर्श में
हरे-भरे प्यार में
निविड़ आलिंगन में
अपनेपन के निविड़ बंधन में
आखिरी बार क्या एक
चुंबन नहीं दोगे?

आखिरी वेला में
निःशब्द लग्न में प्रियतमा?

हे ईश्वर, ऐसा दुःख किसी को न मिले,
अपने दुश्मन को भी,
जिंदा रहते हुए मुर्दा जैसा
एक पालकी में सो के जाना
निस्तेज बदन, एक अधमरी हुई
मछली की तरह
हाथ-पैर पसारकर लोगों की भीड़ में
खुला चिता को कर पड़े रहना
अदृष्ट की बरछी की मार में
बराबर क्षत-विक्षत होना
या, कोई मतलबबाज कोई आलोचक या

कोई खुशामदमंद की
बेफिजूल भाषा के जाल में फँसकर
कोई एक कवि का प्रच्छन्न प्रभाव में आकर
कविता लिखता हूँ बोलकर
लोगों के पास परिचित होने से
और क्या दु:ख हो सकता है ?
यह दु:ख मृत्यु से भी ज्यादा
खतरनाक और मारात्मक प्रियतमा,
फिर भी, कितनी सहजता से हमारे समय के
एकाध कवि की
किस्मत में घटित होता है
जब तक राख न हो जाए आत्मा दहन में ?
ऊ.ड़ोभाग्य, अहोभाग्य प्रियतमा,
इस भावलोक में।

□

37

तुम्हारे बारे में सोचते-सोचते घर को
लौटते समय, अकस्मात् इतनी बड़ी घटना होगी,
मुझे क्या पता था ?

फूल और फल से भरा हुआ, एक फलवान पेड़ जैसा
मैं गिर जाऊँगा बीच रास्ते में,
देखते-देखते तुम्हारे यूनिट में शोरगुल मच जाएगा
अनजाने लोगों की दौड़-धूप में
जिस जगह यह हादसा हुआ है,
वहाँ शोरगुल होगा, भीड़ जमेगा,
कुछ बूँद पानी मेरे होंठों में डालते हुए
कोई पड़ोसन उनकी साड़ी के पल्लू से
मेरे कपाल और बदन को पोंछ देगी,
एक जाने-माने वैद्य जैसा, कोई एक आदमी
मेरी नस पकड़कर चिल्लाएगा,
अरे, टैक्सी बुलाओ, एंबुलेंस बुलाओ,
या और कोई रोती हुई, बोलती रहेगी,
हर दिन यह आदमी हमारे घर होकर आता-जाता था,
कभी किसी से कुछ नहीं कहता था,
देखो-देखो, कितनी बदनसीब इसकी किस्मत,
बिना दोष किए इसकी हुई यह हालत
घर को लौटते समय, उनकी बीवी

रास्ता देख रही होगी,
लौटने की वेला बीत जाने पर
अंदर से बाहर और बाहर से घर होते हुए
भय और आतंक में सिकुड़ हो जाती होगी, अनजान डर से।

अरे, कौन कहाँ हो, दौड़कर आओ,
थोड़ा सा पानी उसके मुँह में डालो,
उसका गला सूख गया है,
डायरी और कलम उसका गिरा है इधर-उधर,
और देखो, कहीं उनके घर का ठिकाना लिखा होगा
उसकी डायरी में
उसके घर को फोन करो,
डॉक्टर बुलाओ, ट्रैकर का नंबर रखो,
हो सकता है कि कभी काम आ जाए।
कितने अर्थहीन शब्द का बेइस्तेमाल न हुआ प्रियतमा,
हमारे सामने,
भीड़ के लोग अपना-अपना बहाना बनाकर
अपने-अपने रास्ते नापे चले गए,
दूसरे पल में।

इतनी शोरगुल में भी
भीगी-भीगी गुमसुम आवाज को
एक बार सुनने के लिए मैं कितना
तरसता था प्रियतमा,
जो मैंने सुनी थी कई साल पहले,
तुम्हारे साथ छुप-छुपकर रिक्शा में
तुम्हारे यूनिट में···

□

38

घर को लौटते समय,
अगर मुझे पहले से अंदाजा होता कि
इतनी बड़ी घटना होगी,
तब मैं आधे रास्ते से निकल जाता,
ट्रैफिक का नियम मानते हुए
मैं स्कूटर को रोक देता,
इंतजार में यह दुर्घटना की वेला चली गई होती
और रास्ते में ट्रैफिक जाम न होता।

पहले दिन जैसा मैं लौट आता
ठीक ढाई बजे
मेरे स्वर्णनासिकावाली बीवी
मेरी राह ताक रही होती मेरे घर के आँगन में।

खबर कागज में बड़े-बड़े हर्फ में
भूल से भी कभी न छपता कि प्रियतमा का कवि
और नहीं रहा इस दुनिया में,
अकाल मृत्यु हो गई उसके किसी एक
कंपनी के ट्रैकर की ठोकर से।

चाहे जहाँ भी, जैसी भी, जिस अवस्था में
तुम होती प्रियतमा,

यह दुःसंवाद एक दिन
पहुँच जाता ठीक एक जले हुए मुर्दा की बदबू की तरह,
हवा में तैरते हुए पहुँच जाता तुम्हारे पास।
चाहे प्यार में न हो, गुस्से में, वितृष्णा में या अनुकंपा में
एक बूँद आँसू टपकता तुम्हारी
नीली आँखों से अपनी मर्जी के बिना।

अंदर-ही-अंदर बार-बार बिन बादल के
उल्कापात होता रहता
दिल की सुनसान कोठरी में,
शोक के संगीत से यह आसमान मुखर
दसों दिशाएँ सुनसान दिखतीं घटना के चक्कर में
बेचारा मूढ़, जिद्दी कवि, अनजान मुरदा जैसा
पड़ा रहता तुम्हारे घर के सामने के रास्ते के मोड़ में।

□

39

एक्सीडेंट के बाद मैं छिटक गया
और ऐसी जगह में गिरा, मानो
आसमान से एक तारा टूटा हुआ गिरा,

मेरे बदन में सौ बिच्छू के डसने की ज्वाला,
चारों ओर खंड-खंड बादल में भरा हुआ
धूमिल घना पहाड़,
बीच समंदर में बेकाबू जीवन का एक टूटी-फूटी नाव
किनारा नहीं कि ठिकाना नहीं
तुम्हारी बात बोलने के लिए कोई भी एक आदमी नहीं,
जिंदा हो या मुरदा,
किसी अनहद फागुन में नीली साड़ी पहनकर
गले में डालकर नीलमणि हार
किस काले वर्ण के पुरुष को बेझिझक
इस आपदा के काल में कर रही हो संगम।

संगम में मदहोश की घड़ी में अगर मेरी मृत्यु का संवाद
पहुँच जाएगा तुम्हारे पास उड़-उड़कर हवा के रथ में
क्या करो गई प्रियतमा, चूसकर
हीरे की अँगूठी से जीवन हारोगे ?
सोने के बदन से निकालकर

अपने साज, कपड़े और अलंकार
पगली जैसी रास्ते में प्रलाप करोगी या
अपने डरपोक स्वामी के पास मन की बात खुलकर कहोगी,
मेरे मरे हुए बदन को आखिरी बार देखने को आओगी ?
रजनीगंधा की एक माला पहनाकर मुझे तुम
अपने आप कहोगी
कवि, तुम कितने नटखट, दागदार, जिद्दी, लंपट नागर
छोटी सी बात में मान-अभिमान करके
अपने रास्ते पकड़कर गए तो गए,
एक बार भी मेरी तरफ मुड़कर देखा नहीं।

कौन समझेगा तुम्हारी मन की बात
प्रियतमा, मन एक उछलती हुई नदी की लहर,
जो बाँध और बाड़ें को तोड़कर
गरज-गरजकर चली जाती है दूर-दूरांतर।

यह शरीर मर सकता है, कभी-कभार,
यह भावलोक में
आत्मा-पक्षी अजर-अमर सदा के लिए
मृत्यु से भी लुभावना हमारा प्यार
प्यार···

□

40

आखिरी वक्त में मेरी एक छोटी गुजारिश
भूल मत जाना, जितने दुःख आने से भी
विदा आत्मा को अभिशाप मत देना
नीरव होकर मन को दुःखी मत करना
और अपने आपको कष्ट मत देना।

स्वर्ग–द्वार में
समंदर के किनारे अनगिनत लोगों की भीड़ में
मेरी चिता को सजाना,
महकती हुई चंदन की लकड़ी में
मैं सोता रहूँगा मुँह रखकर दक्षिण दिशा की ओर
बेहद नींद में, नीले समंदर की नीली तरंग
लहरती हुई आकर
सिर तोड़ता हुआ बालू के पत्थर में
सुमधुर वंशी की धुन सुनाई देती रहेगी
आसपास सहस्र योजन में।

जिधर भी कान देकर सोने से भी
पानी, हवा, ईथर, आसमान और मिट्टी की गंध से
प्रियतमा, प्रियतमा नाद लहरता आता रहेगा,
इस जन्म में न सही, दुःख की बात नहीं,

दूसरे और किसी अनजाने जन्म में,
एक दिन हम जरूर मिलेंगे
एकांत में चाँद की किरण में यमुना जल में
विदेह दो आत्मा, छुप-छुपकर गुफ्तगू नाव-केलि करते समय
चाँदनी रात में, घाट-अघाट में।

□

41

मुर्दा जलाने के वाद
अपनी कमाई की कुछ संचित धन से
भोजन में सामर्थ्य के अनुसार,
चर्चा करना गरीब
और दान–प्रिय ब्राह्मणों को

पितृहरा लड़का बोलकर
अपने साथी या दोस्तों से
कभी भीख मत माँगना,
प्रेत कर्म, दरिद्र भोजन, दान और धर्म
पालन करना विधि मानकर।

मेरी चिता भस्म को आदरता के साथ
छिड़क देना हमारे प्रिय शहर के
हर चौराहे और हर यूनिट में
गली–गली में,
तुम जहाँ से भी आओ,
तुम्हरी पैर में पहनी हुई नूपुर की आवाज,
रुमझुम–रुमझुम गूँजता रहेगा मेरे कानों में।

□

42

विदा की वेला के आखिरी गुजारिश
भूल मत जाना,
एक दिन तुम मेरे साथ विश्वासघात की हो
किसी को बोलना मत,
ऐसे कि खुद को भी।

बचे-खुचे दिन हँसी-खुशी में
संसार करना, खुले मन से प्यार और ममता से
सभी को बाँधकर रखना।

यह मानव जीवन दुर्लभ है प्रियतमा,
पहली जन्म की सुकृत से
एकाध बार मिलता है पुण्य के बल पर
हाथ की मुट्ठी खुलने से
बंद पिंजरे की चिड़िया जैसा उड़ जाता है नीला आकाश में
जितने शोर-शराबा करने से भी
वह दिखाई नहीं देता
सप्त द्वीप महिमंडल में।
पुनर्जन्म हो या न हो
यह जन्म आखिरी जन्म
प्यार, मोहब्बत, ईर्ष्या, घृणा, माया, ममता

इस जन्म में ही भोगना होगा
इस–काल, पर–काल, स्वर्ग–नरक
पाप–पुण्य, भेदाभेद
मुक्ति और बंधन।

इस जन्म नित्य–सुद्ध–बुद्ध–मुक्त–शाश्वत
और सत्य–चिरंतन।

विदा की वेला में
मेरी आखिरी गुजारिश
भूल से भी भूलना मत
प्रलय के जल में हमारे याद की नाव
टूटकर मिट जाने से भी
तुम्हारा नाम जपता रहूँगा
लाख युग, कोटि युग तक।

□□□